LAS CANCIONES DE BOBIBLÚ

Escanea este código Spotify desde tu aplicación móvil o si lo prefieres,
busca la lista directamente por "Las canciones de Bobiblú".

Papel certificado por el Forest Stewardship Council®

MIXTO
Papel procedente de
fuentes responsables
FSC® C117695

Primera edición: octubre de 2019

© 2019, Elsa Punset, por el texto
© 2019, Sr. Sánchez, por las ilustraciones
© 2019, Penguin Random House Grupo Editorial, S.A.U.
Travessera de Gràcia, 47–49. 08021 Barcelona
Diseño y maquetación: Araceli Ramos

Printed in Spain - Impreso en España

ISBN: 978-84-488-5332-7
Depósito legal: B-17.415-2019

Impreso en Talleres Gráficos Soler, S.A.
Esplugues de Llobregat (Barcelona)

BE 5 3 3 2 7

Penguin
Random House
Grupo Editorial

Buenos días, BOBIBLU

Elsa Punset

Ilustraciones de Sr. Sánchez

Beascoa

Esta mañana, papá entra en la habitación y dice:
—¿Bobi?... ¿Blu?... ¿Estáis despiertos?

—¡Cucú! ¿Dónde estáis? ¡La cama está vacía! ¿Estáis debajo de la cama?

—Nooooo... Noooooo.

—¿Dentro del armario?

—Noooooo.

—¡Uy, uy, uy! Pero...
        ¿quién hay aquí? ¡Ajááááá!
¡Os encontré! ¿Habéis dormido aquí, detrás
de las cortinas?

¡¡¡Súúú

—¡¿Cómo empezamos el día?! —pregunta papá.

—¡Con nuestro saludo y abrazo preferidos! —contestan Bobi y Blu.

—¡Es que tenéis muchos! —ríe papá—. A mí el que más me gusta es el abrazo de 6 segundos.

Abrazo de
6
segundos

—¡Mejor los probamos **todos**! —dicen al mismo tiempo
Bobi y Blu.

—¡Seguro que todos estos saludos os han dado mucha
hambre! —dice papá—. ¿Vamos a desayunar para seguir
fuertes y alegres?
—¡Yo primero! —exclama Bobi. Y Blu sale corriendo tras su
amigo, camino de la cocina.

En la cocina, preparan juntos el desayuno.
Mamá canta una **canción**.

Los pollitos dicen pío, pío, pío
cuando tienen hambre, cuando tienen frío...

Cuidado, Blu,
¡no soples tan fuerte!

—¡Yo puedo comer sin manos, como los pollitos! ¡Tú, no!
¡Ji, ji! —dice Blu.

—Pero yo sé usar la cuchara... ¡y casi no se me cae
nada! —contesta Bobi.

—Yo puedo enfriar mi chocolate caliente con la cola.
¡Hala, hala! —dice Blu.

—¡Y yo puedo soplar! ¡Ja, Ja! —dice Bobi.

Y después de desayunar...

¡vamos a lavarnos!

En el baño... ¡todo sale mejor al *ritmo* de la **música**!
¡Hay muchas cosas que hacer!

No, no, aquí
nOOOoOOoooooo.

—Blu, ¡hay que cantar **cumpleaños** *feliz* dos veces mientras te lavas los dientes!

¡Ya están *limpios y relucientes*! Y ahora... *¡a vestirse!*
Así podrán ir al parque a jugar con sus amigos.

¿CUÁL ES TU ROPA PREFERIDA?

A veces cuesta un poco vestirse, pero se toman su tiempo y **se ayudan el uno al otro**...

¡Bobi y Blu ya están listos! Solo falta poner un poco de orden en la habitación. Mientras ordenan, cantan una canción que les ayuda a colocar todo en su lugar.

Recogemos y ordenamos...
y ponemos todo en su lugar...

Mamá está esperando en la entrada.

—¡Bobiblú, vamos al parque a jugar!

Bobi va tan deprisa que parece volar sobre la alfombra.

—¡¡¡Ffffffiuuuuuuuu!!! —dice resbalando con *grandes risas*. ¡Allá vamos! ¡Al parque a jugar!

¡Buenos días, Bobiblú!

> ¡Me gusta empezar el día con los abrazos y las risas de mi familia!

Sí, por favor, ¡nada de prisas, estrés o malos humores! Todo se hace mejor respirando hondo, con calma y una sonrisa.

> Por las mañanas, me despierto siempre contento, pero Blu, ¡no siempre! Bueno, ¡a veces!

Claro, Bobi, porque todos somos diferentes, y cada niño y niña tienen su despertar, sus preferencias y su ritmo (lento, chisposo, dormilón...). ¡Aprendamos a respetarlo y gestionarlo con cariño!

> También me gusta hacer las cosas con canciones, palabras divertidas y poniendo nombres a cada cosa...

Es que, cuando eres pequeño, ¡aprendes jugando! Cuando se divierten y transforman los momentos de cada día en pequeños rituales, los niños y niñas se acuerdan mejor de hacer las cosas importantes.

> ¡Nos gusta mucho cuando los mayores nos dejan poner la mesa o ayudarles!

Sí, a los niños y niñas les gusta colaborar y sentirse útiles, aunque hagan las cosas despacio y a su manera... Les encanta que les pidamos ayuda. A veces quieren hacer las cosas por sí solos, ¡aunque no queden perfectas!

TÍTULOS DE LA COLECCIÓN

Buenos días, **BOBIBLU**
Elsa Punset
Ilustraciones de Sr Sánchez

Buenas noches, **BOBIBLU**
Elsa Punset
Ilustraciones de Sr Sánchez

OTROS LIBROS DE ELSA PUNSET PARA NIÑOS Y NIÑAS DE MÁS DE 4 AÑOS

★ Los Atrevidos dan el gran salto

★ Los Atrevidos en busca del tesoro

★ Los Atrevidos y la aventura en el faro

★ Los Atrevidos y el misterio del dinosaurio

★ Los Atrevidos en el país de los unicornios

★ Los Atrevidos. ¡Fiesta en el mercado!

★ Los Atrevidos. ¡Aventura en Roma!

★ Los Atrevidos y el concurso
de las ideas geniales